Andreas Knapp
Mit Pauke und Salböl

Andreas Knapp

Mit Pauke und Salböl

Gedichte zu Frauen der Bibel

echter

mater materiae

gott ging schwanger
mit ihrem traum
von einer welt

in wellen die wehen
von weltschmerz
der stummen kreatur

doch der tanz der moleküle
zeugt
von einer glücklichen geburt

eva und adam

du bist du
das sollte dir genügen

sündenfall vergleich
sein wie die andere
sein wie ein idol
sein wie gott

der bissen aber
bleibt im halse stecken
zu groß
die nimmersättlichkeit

zu groß auch die augen
sie quellen über
und müssen schamvoll sehen
wie du wirklich bist
in all deinen kleidern
immer noch
ganz nackt

evas sehnsuche

du fehlst mir mann
als wär ein stück
aus der seite mir gerissen

auf und ab des adamsapfels
im zierlichen hals
ich schlucke und schluchze

warum uns schämen
es sind doch bloß
wir beide

in meinem ruf
wo bist du adam
schreit auch gott nach dir

schlangenbändigung

von der schlange beschworen
tanzen adam und eva
in ihr nacktes unglück

gebissen werden sie
selber giftig und vertreiben
sich gegenseitig aus eden

verfremden sich
unwohl in ihrer haut
eine nach der andern abgestreift

nur ein kinderspiel mit der natter
in neugeborener unschuld
erschließung des paradieses

sara

lächerlich
dein greiser mann
statt kinder zählt er
sand und sterne

ausgelacht
von deiner leibeigenen
die ihren körper deinem gatten
empfangsbereit hingibt

lachhaft
das wort von guter hoffnung
aus dem mund der fremden
bringt doch keinen kindersegen

angelacht
von einem säugling
schlägt deine geburtsstunde
als mutter des glaubens

hagar am brunnen „el-roï“
(„der nach mir schaut“)

im hochmut habe ich
auf andere herabgeschaut
jetzt kann ich keinem mehr
unter die augen treten

niemandsland
bin ich geworden
mein leben verläuft
spurlos im sand

wie gern würde ich sehen
dass mich jemand gern sieht
mein auge hält ausschau
nach einem gesicht

dein blick trifft ins schwarze
pupillen tiefer als brunnen
schenken ansehen
unerschöpflich

Jakobsbrunnen

jede Liebesgeschichte
beginnt an einem Brunnen
denn alles Lebendige
speist sich
aus geheimer Tiefe

wer wälzt
den schweren Stein
vom Mund des Brunnens
ein erster Kuss aber
weckt des Hirtenmädchens Durst

alle geschöpfliche Liebe
kann sich erschöpfen
und wie versiegt
schweigt die Quelle
des noch jungen Frühlings

Liebe aber die gelitten hat
zieht es in der Mittagsglut
zurück zum Brunnen
dort wird ihr neu geschöpft
aus unfasslicher Tiefe

rahel und lea

ungleiche schwestern
erbitterte rivalinnen
im kampf um die gunst
eines muttersöhnchens
in siebenjährigen kriegen

setzen ihre waffen ein
den reiz der schönheit
und das kinderkriegen
mit do it yourself
oder einer leihmutter hilfe

selbstwertschöpfung aber fließt
nicht aus den vorlieben
eines trügerischen mannes
es genügt allein
das ansehen gottes

myriam

sie musste kräftig
auf die pauke hauen
um nicht im dunkel der historie
unbeachtet zu verschwinden

meist schreiben männer die geschichte
auf allzu geduldigem papier
vertuschen ihre untaten
rücken sich ins beste licht

einmal aber tanzte eine frau
aus der reihe der verschleierten
paukte sich durch die geschichtsbücher
ins licht der offenbarung

debora

oh herrliches weib
majestätisch thronst du
unter deiner palme krone
sprichst recht über israel
und schickst seine männer
fort in den krieg

den ängstlichen kämpfern
ziehst du mutig voran
und durch frauenlist
wird des feindlichen
hauptmanns kopf
tödlich durchbohrt

als frauen kriege führten
und siege errangen
da folgten willig die männer

doch rufen frauen zum frieden
wollen dem recht zum sieg verhelfen
wer folgt ihnen dann

verblendung

der stärkste mann
schwach kann er werden
in den armen einer frau

in dalia vernarrt
verrät simson das geheimnis
um haareslänge

blind vor liebe
will er nicht blicken
dass sie ihn ans schermesser liefert

mit ausgestoch'nen augen aber
sieht er seine stunde kommen
die schaulustigen feinde ins dunkel zu stürzen

Rut

Wirtschaftsflüchtlinge
der Brotspur folgend
fluteten in deine Heimat
ins Grünland Moab
jenseits des Jordan

hast eingeheiratet
bei den Fremden
doch der Schnitter Tod
holte deinen Mann
inmitten blühender Felder

wirst Emigrantin
mit deiner Schwiegermutter
die es nach den Verlusten
zum Sterben wieder
heimwärts zieht

jetzt bist du Frau in der Fremde
lebst von den Krümeln
abgeernteter Felder
dort aber keimt
dir neues Glück

mit deiner Liebe
überspringst du Mauern
die große Entgrenzung
ein Pass überall hin
selbst über die Schwelle des Todes

hanna
siegeslied einer ohnmächtigen

betest wie eine betrunkene
dass gottes tempelohr
den herzenswunsch höre
ausgeschüttet vor ihm

flehst wie eine fiebernde
dass gottes keimkraft
die sterile wüste blühen lasse
als garten voller kinder

glaubst wie eine närrische
dass gottes außenmaß
selbst die allerkleinsten
noch vergrößern kann

forderst wie eine berauschte
dass gottes umsturzmacht
die herrschaftspyramiden
auf den kopf stelle

batseba

bad in paradiesischer unschuld
durch ihren schönen garten
schleichen keine schlangen
doch unwissentlich ausgesetzt
dem auge das fremdgeht
schuldschwangerem blick

ein weiser nathan zerrt
den könig vor das eigene gewissen
er kann nicht wie üblich
einer wehrlosen frau
die schuld in die schuhe schieben
er hat sich selbst verführt

dass aber ein kind
noch unschuldig und nackt
an des königs stelle
sterben muss
und der mutter weh vergessen wird
ob gott wohl weiß warum

die prophetin hulda

sensationsfund einer schriftrolle
ob gott wirklich so geredet hat
wie dort geschrieben steht

sie fragen eine frau
die keinem nach dem munde redet
als gott allein

wer aber ihn
für leeres gerede gehalten hatte
wird eines besseren belehrt

für den könig freilich
redlich bemüht
ist schonung angesagt

judit

potentaten protzen
mit potenzgehabe
giergeil getrieben
frauen wie länder zu erobern

doch ihr gelüste
wird ihnen zum fallstrick
sie lassen sich nur allzu gern umgarnen
bestrickend sind die waffen einer frau

und während holophernes‘ männer
schon von breschen in den mauern träumen
wird des feldherrn schwache stelle
dem ganzen heere zum verhängnis

wer sich selber
nicht beherrschen kann
und dafür andre unterjochen will
endet kopflos

ester

von schönster gestalt
die den könig bezaubert
die krönung eines mädchentraums

erwacht zur wirklichkeit
am hofe herrscht intrige
besser man schweigt

oder sollte sie doch
des unrechts lüge
bei ihrem namen nennen

wage der wahrheit
ins gesicht zu sehen
ihre schönheit wird siegen

psalm

gott du mein gott
ich schreie nach dir
wie ein verlorenes kind
könntest du mich je vergessen
hast mich doch genährt
an deiner brust
mit honigworten
wie konnt ich nur
verlorengehen
deinem mütterlichen blick

gott du mein gott
du schreist nach mir
wie eine weinende mutter
spürst mein leiden
kennst mich doch
vom ersten herzton an
unvergesslich bleib ich dir
durch den schmerz der geburt
und die freude
an meinem ersten schrei

gott du mein gott
von schrei zu schrei
wie getrennte liebende
suchen wir uns
wie könntest du
nicht mit mir fühlen
trägst du mich doch
immer noch
unter deinem herzen
bis zu meiner wahren geburt

hohes lied

schlaflose nächte
vor lauter sehnsucht
nach dir

schlafwandelnd
unter dem süchtigen mond
zu dir

schlaftrunken
atemlos wachgeküsst
von dir

schlaflose nächte
vor lauter nähe
mit dir

frau weisheit

wohnt im kosmischen haus
alles hat seine ordnung

tont gottes ebenbild
würdevoll der mensch

thront zur rechten gottes
auf seiten der gerechtigkeit

schont die ressourcen
rechenart der klugheit

lohnt die tugend des menschen
das gute währt für immer

den unbekannten prophetinnen

nicht durch viele worte
die später bücher füllen
und hierarchien gründen
die großen propheten
und daneben die kleinen

vielmehr durch ihr schweigen
zur rechten zeit
trefflich wie ein pfeil
tröstlich wie balsam
direkt aus gottes mund

stammhalterinnen

kein gerader wuchs
wie die zedern des libanon
tamar

wild wuchernder weinstock
veredelt zur fruchtbaren rebe
rahab

kein zweig vom jüdischen stammbaum
und ohne reinblütige linie
rut

vielfalt der völker
durch frauen vertreten
batseba

so viele krumme linien
führen geradewegs
zu gottes messias

Geistesgegenwart

Windhauch Windhauch
alles wär Windhauch
ohne den Geist
der von innen belebt

Über den stillen Urwasssern
wie mit Vogelschwingen
die Schöpfung erbrütend
ewig weibliche Gottesgespielin

Wie ein Weberschiffchen flinken Flugs
die Fäden hin und her verbindet,
so knüpfst du heimlich das große Netz
zwischen allen Gotteshungrigen

Sprachengenie der Liebe
Wortschöpferin für das Unaussprechliche
feuertrunken von dir wird jede Zunge bewegt
und das WORT selbst eingefleischt

elisabet

wenn männer engel sehen
sie trauen ihren augen nicht
das visum bitteschön
und natürlich die flugnummer

wer alles durchschauen will
sieht nichts mehr
hält einen engel am ende
für eine alterserscheinung

elisabet aber bejubelt
jugendlichen herzens jene
die kindlich ihrem engel
glauben schenkte

und selbst ohne himmelsboten
und trotz fortgeschritt'nen alters
ist ihr nicht erstorben
der traum vom kindersegen

jungfrau maria

so still warst du
wie ein noch unberührtes land
und darum konntest du selbst einen engel
auf zehenspitzen kommen hören

ganz lauschend warst du
wie in erwartung wunderbarer dinge
dein herz gehörte niemandem
so fand der bote dich

wie wachend warst du
ganz empfänglich für die große liebe
und hast dem wort dein ohr nicht nur geliehn
sondern geschenkt und darin ganz dich selbst

unsäglich leise warst du
keine frau der großen worte
das eine wort trugst du in dir
ganz an dein herz gelegt

und schweigsam warst du
immer noch an seiner seite
als selbst gott verstummte
wie eine leise hoffnung bliebst du da

verkündigung

kein poltergeist
der mit der tür ins haus fällt
botschafter klopfen an
mit dem fingerspitzengefühl
allerhöchster diplomatie

kein engelsflügel
mit goldrand zu sehen
die botschaft so groß
dass der überbringer dahinter
völlig verschwindet

kein rauschen
von engelsschwingen
doch im überton des grußworts
eine aufweckmelodie
für neues leben

des engels botschaft

vorgeburtlich schon
ist furcht uns eingewoben
bis unter die herzhaut

in unsern stärksten stunden
ein zittern bleibt
im binnenraum

die bergendsten arme
bewahren uns nicht
vor der kälte der angst

wie könnten wir leben
ohne den wärmenden hauch
fürchte dich nicht

magnificat

meine seele preist die größe dessen
der sich ganz klein machen kann
und mein körper bebt vor freude
über meinen so umwerfenden gott

denn für den himmlischen ball
hat er nicht die reichen und schönen
sondern die unscheinbaren und
vergessenen erwählt

den aufgeblasenen aber
lässt er die heiße luft ab
die größenwahnsinnigen
werden des todes fette beute

die niedergetrampelten
wärmt er mit seinem atemhauch
und das knurren der mägen
wandelt sich in wohliges glucksen

wer groß rauskommen will
geht verschrumpelt ein
wer andere klein macht
erniedrigt gott

wer ihn indessen groß sein lässt
darf dankbar staunen über
der andern und
die eigne größe

unterwegs zum kind

eine junge frau
traut dem geflügelten wort
wird empfänglich für das unbegreifliche
mit den augen eines kindes

ein mann voller pläne
die im traum schon zerbrechen
verzichtet auf begreifen
vertrauensselig wie ein kind

hirten in nachtbereitschaft
melodie liegt in der luft
noch ergreifender
als ein lied aus kindertagen

himmelsgelehrte aus dem orient
tausend und eine nacht lang
greifen sie schon nach den sternen
knien ergriffen vor einem kind

schwere geburt

es ist noch kein wort
vom himmel gefallen
aber das lächeln jenes kindes

einfach menschlich
einfach göttlich

wird es leben können

hanna im tempel

du auch wieder hier
ach mein greiser simeon
wir tattrigen alten
mit den abgebeteten perlen
sind wohl die letzten
wo bleiben die jungen

unsre frömmigkeit scheint
in die jahre gekommen
die riten verrunzelt
die religion vergreist
wer glaubt noch an gott
man ist sich selbst genug

doch schau die zwei
mit dem winzigen säugling
ist vielleicht die geburt eines kindes
der wunder letztes
das aufstaunen lässt
alt wie jung

auf tuchfühlung

… berührte von hinten sein gewand…

im berühren berührt werden
durch die kleidung hindurch
heilender hautkontakt
heißer als der erste kuss

inmitten bedrängender menge
gilt dir der blick
der dich einmalig macht
du blutest nicht mehr aus
wirst endlich
rein du selbst

talita kum

sie konnten den atem
nicht mehr erlauschen
zu laut gellten schreie und klage
hören und sehen verging

das leise leben
übertönt und erstickt
von der verzweiflung
wimmern und weinen

schweigt endlich still
sonst hört ihr nie
der zarten hoffnung hauch

er konnte erhorchen
dass leben in dem mädchen war
weil er selbst das leben war

kinderunfreundlich

oh ihr männer
warum so verbissene lippen
habt ihr vergessen
dass kinder nicht nur von muttermilch
sondern auch von guten worten leben

oh ihr männer
warum so grobe hände
habt ihr vergessen
dass kinderhaut
der zartheit so bedürftig ist

oh ihr männer
warum so finstere mienen
habt ihr vergessen
dass auch euch als kinder
ein lachen aufgeheitert hat

oh ihr männer
warum so stumpfe herzen
habt ihr vergessen
wer jesus ist und
dass es eure kinder sind

frauenschicksal

buckel krumm vom schaffen
durch niedere arbeit gebeugt
die augen kleben am boden
um in ihm zu verschwinden

dazu noch buckeln müssen
blicken ausgesetzt
die in den rücken fallen
mühlsteinschwer

jesus richtet sie auf
die frommen aber richten ihn
es sei gegen das gesetz
und regelrechte religion

er aber lässt sich nicht verbiegen
und zeigt rückgrat
steht zu sich
und steht zu ihr

solche aufrichtigkeit
schenkt ihr neues stehvermögen
beide jetzt
aufrecht vor ihrem gott

die kalte schulter jesu

warum so herzlos
es geht doch um ein kind
das schuldlos leidet
muss man dir
die wunderworte
aus der nase ziehen
muss man gar gott
gott abtrotzen

in der tat
er wirft sich uns
nicht überschwänglich
an den hals
liebe will erobert sein
ihn mit allen kräften lieben
heißt auch mit ihm ringen
bis er sich ergibt

mein schatz

mein liebster
fremd mir geworden
suchen muss ich ihn
wie eine verlorene münze

meine innenräume verödet
durch des alltags zeitfressende mühle
nur noch müde worte
und kein heißer blick

ausfegen muss ich
verstaubte gewohnheit
die routine entrümpeln
raum schaffen für phantasie

und findet er bei seiner heimkehr
die blumen frisch wie damals
und offen die vorratskammer der zeit
bin ich wieder sein goldstück

hausfrauenverstand

man kann kaum erahnen
wie gott wirkt in dieser welt
er mischt sich nicht gewaltsam ein
mischt sich vielmehr unter
diskret und leise

frau kann wohl erahnen
wie gott wirkt in dieser welt
sie ist vertraut mit dem geheimnis
vom unmerklich durchsäuerten teig
und vom leisen wachsen eines kindes

frauenpower

mit mir kann man's ja machen
einer wehrlosen witwe
so dachten sie
brachten mich ums erbteil
und bauten auf bestechlichkeit
selbst der höchsten justiz

ich aber ziehe vors tribunal
und gnade gott dem richter
denn ich gnade ihm nicht
recht muss recht bleiben
schlagfertig tret ich entgegen
menschen wie gott

das opfer der witwe

weh denen
die wehrlose witwen ausplündern
um sich denkmäler zu errichten

weh denen
die fromme gefühle missbrauchen
um unschuldige auszuziehen

weh denen
die arglose gemüter ausbeuten
um mit religiösem pomp zu prunken

weh denen
die geld im kasten klingen lassen
um den himmlischen sponsor zu spielen

sie alle entweihen
die armen
gottes wahres heiligtum

freilegung des brunnens

zugemüllt bis in die tiefe
mit zu bruch gegangenen
beziehungen
das innerste verschüttet

mittagsglut
der einsamkeit
es brennt der durst
nach einem du

der fremde
dir näher als du selbst
die abgründe
eröffnet

werden zum
quellgrund
liebe kann fließen
grundlos geschenkt

die ehebrecherin
(jetzt mit jesus allein)

meine hände zittern noch
wie palmblätter im abendwind

während du fremdschämend
auf den boden schautest
bin ich auferstanden

und ganz kleinlaut
haben sich
meine steiniger
aus dem staub gemacht
als in diesen du die worte schriebst
wo ist der mann

Zehenspitzengefühl

bei Simon dem Pharisäer
Festmahl ohne Duft und Kuss
Liebe aber lebt nicht im Kopf
und schaut nicht herab auf die andern
ganz unten
bei den Füßen
fängt die Liebe an
eine Frau wäscht deine Füße mit Küssen und Tränen
und trocknet sie mit ihrem Haar
durch diese Berührung deiner Füße
findet die Gefallene selbst wieder Stand
die Füße sind so wichtig
zum aufrecht stehen
zum weitergehen

mit Simon dem Fischer
Abschiedsmahl mit Brot und Wein
Liebe aber wäscht nicht den Kopf
und entsagt der Macht über die andern
ganz unten
bei den Füßen
fängt die Liebe an
du wäschst seine Füße mit Wasser und Feuer
und trocknest sie mit dem Hauch deines Geistes
durch diese Berührung seiner Füße
findet er selbst nach dem Fall wieder Halt
die Füße sind so wichtig
zum aufstehen
zum auferstehen

zu füßen jesu

hast dich an ihn geschmiegt
die augen tränen vor freude
so nah bei ihm zu sein

doch in deinem nacken
spürst du die blicke der anderen
brennen auf deiner haut

sein blick aber
seelenruhig auf dir
balsamblick

erhobenen hauptes
stehst du auf
gehst aufrecht deinen weg

maria und marta

untrennbare
zwillingsschwestern
warum verdrängt die eine
allzu gerne die andre
nur hand in hand
sind sie lebensfähig

tun und lassen
reden und hören
handeln und schauen
sorgen und träumen
werken und beten
wachen und schlafen

körper und seele
der eine mensch
welle und korpuskel
das eine licht
alles in allem
der eine gott

zu gast in bethanien

liebe geht
durch den magen
mehr noch
durch die ohren
am innigsten jedoch
durch ein schweigen
das keiner worte mehr
bedarf

maria und lazarus

vom zuhören kommt der glaube
und wer jesus zu füßen sitzt
wird auch mit ihm auferstehen

lazarus haucht sein leben aus
maria aber keinesfalls die hoffnung
nicht einmal zuletzt

heiße tränen einer liebe
lassen selbst den tod nicht kalt
und wahre freundschaft lässt grabsteine wanken

folgenlos

ein mann bekennt
jesus als messias
wird zu petrus

eine frau bekennt
jesus als messias
wird fast vergessen

wann bekennt
die kirche
ihre geschichtsvergessenheit

endspiel

fünf zu fünf
torschlusspanik
wer hat reserven

ein heller pfiff
und freudentanz
doch nur die siegerinnen

fehlbesetzte männerrollen

ein mann bekannt
als schmieriger kassenwart
der geld unterschlägt
und zwölf kerle
die sich balgen um den ersten platz

dagegen jene unbekannte
die ihren besitz flüssig macht
so dass liebe wie öl heruntergeht
und ungezählte frauen
die bei ihm bleiben bis zum letzten platz

zweierlei Rechenarten

Maria zerbricht
mit dem Leichtsinn einer Verliebten
das teure Gefäß
der Duft ist vergänglich
verschwendete Liebe
ein bleibender Schatz

Judas kalkuliert
mit der Skepsis eines Kassenwarts
den finanziellen Verlust
der Freund ist verkäuflich
berechnende Beziehung
entwertet sich selbst

Eucharistiefeier einer Frau

an einem Abend
bevor Jesus ausgeliefert wurde
nahm Maria
das Gefäß mit Öl
zerbrach es
salbte seinen Leib
und sprach
das ist meine Liebe
vergossen für dich

und diese Geste
bleibt allen
die das Evangelium hören
für immer
im Gedächtnis

Jesus begegnet seiner Mutter
(Kreuzweg)

schon längst abgenabelt
und bleibt doch für immer
Fleisch von ihrem Fleisch

Transfusion des Schmerzes
für die Übertragung genügt
weniger als ein Blick

unbegrenzt
die Reichweite
mütterlicher Liebe

Veronika reicht Jesus das Schweißtuch
(Kreuzweg)

der einfühlende Blick
einziger Türöffner
in die innerste Kammer des Schmerzes

zitternd trete ich ein
und erlebe dich
von innen

Mitleid macht inwendig
und prägt das Bild des andern
in Gesicht und Herz

Jesus begegnet den weinenden Frauen
(Kreuzweg)

ihr Frauen von Jerusalem
weint nicht über mich
so weint doch
über eure Männer
mit den Gesichtern
hart wie Kiesel

ihr Männer von Jerusalem
warum sind eure Mienen wie Erz
habt doch keine Angst
vor eurer Angst
es ist Schwäche
sich zu beherrschen

Tränen aber können
Steine erweichen
so weint doch endlich
über euch selbst
und mit euren Frauen
über die Kinder

Jesus wird vom Kreuz genommen und in den Schoß seiner Mutter gelegt
(Kreuzweg)

aus dem Schoß gekommen
wieder zum Schoß zurück
doch nur einmal kann
deine Mutter als Eva
Leben dir schenken
ihr Glaube aber durchbricht
den Zyklus der Natur
und sie legt dich
in die Adamserde
wie ein Samenkorn

frauen unter dem kreuz

wenn männer
den mund
zu voll genommen haben
und dich dann am ende
elend hängen lassen

wir schweigen
und bleiben

wenn gott
auf den du dich
dein leben lang
verlassen hast
dich jetzt verlassen sollte

wir bleiben
und schweigen

AVE MARIA unter dem Kreuz

Betrübt bist du, Maria,
voll der Schmerzen.
Der Herr ist nicht mehr mit dir.
Du bist die verlassenste unter den Frauen
und gottverlassen ist die Frucht deines Leibes,
Jesus.

Heilige Maria, Mutter Gottes,
bitte für uns Zweifler
in der Stunde unserer Gottesferne.
Amen.

Pietà

Geburtsschmerz
ein Leben lang

In sternheller Nacht
aus deinem Schoß gepresst
das blutige Bündel

In der Verfolgung durch totalitäre Tyrannen
die immer Angst haben vor der Unschuld der Kinder
wählst du Flucht und Exil

Am Ende einer Wallfahrt
aus symbiotischer Sorge entlassen
in gottkindliche Freiheit

Beim hochzeitlichen Festessen
plötzliche Distanz zerbricht das Wunschbild
seine Stunde ist nicht mehr die deine

In gedrängter Menge
die Familienbande zerreißen
Verlust der exklusiven Mutterschaft

Auf dem Weg zu seiner Hinrichtung
eure Blicke kreuzen sich
all seine Angst überträgt sich auf dich

An sonnenverdunkeltem Tag
auf deinem Schoß gebettet
die ausgeblutete Leiche

Geburtsstunde
unfasslichen Lebens

kommunion mariens

der leib christi
tot in den schoß gelegt
pietà
erbarmen

noch einmal
empfangen
für eine andere
geburt

osterspaziergang

in aussichtsloser nacht
ein totenlicht ans grab bringen

aufbruchstimmung am wegrand
es knospen die ersten kreuzblütler

wer aber wälzt
den stein vom herzen

der neue morgen öffnet mir
engelgleich die augen

bei licht besehen
ist das grab kein endlager mehr

überwältigt betrete ich
den aufwachraum ins unbegrenzte

fragen an maria von magdala

wo hast du ihn
zum ersten mal gesehen

er saß im morgenlicht
am see und sang ein lied

was hat er dir gesagt
als er dich sah

sei nicht traurig maria und spring
über die sieben schatten deiner vergangenheit

wo hast du ihn
zum letzten mal gesehen

er hing in schwarzer nacht
am kreuz verstummt

was würde er dir sagen
sähe er dich jetzt

sei nicht traurig maria und tanz
mit den sieben farben des lichtes

Begegnung im Garten

In jenem Garten
mit dem Baum in der Mitte
Verführung zu Misstrauen
Durch den habgierigen Griff
wird todbringend die Erkenntnis
von gut und böse

In jenem Garten
mit dem Grab in der Mitte
so vertraut dein Name
Durch die hauchfeine Berührung
erkennst du den Lebendigen
alles ist gut

vorübergehend ewig

jede begegnung
immer nur
im vorübergang
nie festzuklammern

alle berührungen
ein tanz von tango
und noli me tangere
halt mich nicht fest

liebe
verewigt sich
im steten wechselspiel
von fassen und lassen

unbegreiflich

auf dem gräberfeld
keimt kein korn
die steine schweigen

warum suchst du
deinen zukünftigen
im vergangenen

unfixierbar das leben
im hier
wie im dort

es ruft dich
namentlich
en passant

verschwendung

nur einfach bei dir sitzen
reines zeit verplempern

parfum und gelbe rosen
pures geld verschleudern

vor einem brotstück knien
sinnlos kraft vergeuden

die schweißfüße mit duftöl übergießen
widerspricht rationalem kalkül
die liebe aber rechnet nicht
denn sie ist unverrechenbar

einen toten am dritten tag noch salben
unverständliche verschwendung
die liebe aber begreift
weil sie ergriffen ist

frauenfragen

wenn eine frau
das WORT geboren hat
warum sollten frauen dann
das wort nicht von der kanzel künden

wenn eine frau
für ihr zuhören gelobt wird
warum sollten frauen dann
das gelernte nicht auch lehren

wenn eine frau
die füße jesu küsste
warum sollten frauen dann
den altar nicht küssen können

wenn eine frau
den leib christi salben konnte
warum sollten frauen dann
nicht zum salbungsdienst befähigt sein

wenn eine frau
jesu sinneswandlung durch ein brotwort wirkte
warum sollten frauen dann
bei der wandlung nicht das brotwort sprechen

wenn eine frau
von jesus krüge voller wein erbitten konnte
warum sollten frauen dann
über einen kelch mit wein nicht auch den segen beten

wenn eine frau
den jüngern als apostolin vorausging
warum sollten frauen dann
zur apostelnachfolge nicht auch gerufen sein

wiedergeburt

schwerer und schmerzlicher
als das gepresstwerden
aus dem mutterschoß

die zweite abnabelung
nicht mehr papas liebling
auch kein muttersöhnchen mehr

neu geboren nach innen
als des göttlichen
geistes kind

und solcher freiheit
kind zu sein heißt
kein kind mehr sein

grabauswärts

unter der tränen trauerflohr
glaube
kommt vom hören des namens

es braucht keinen gärtner zur grabespflege
hoffnung
ist dem tod einen atemzug voraus

niemanden einbalsamieren
liebe
heißt loslassen können

die apokalyptische frau

unbemannt bis zum mond
jungfrau mit dem sternenkranz

die unwirtliche wüste bietet
als unterstand ein sternenzelt

denn das kind im menschen
gilt es zu schützen wie den augenstern

und der feuerfluch aus drachenmäulern
gelöscht durch die tränen der sternschnuppen

Madonna

in der Schwerelosigkeit
kindlicher Unschuld
als Erste der Menschen
den Fuß auf den Mond gesetzt

umgeben vom Sternenkranz
leuchtender Kerzen
in jeder Flamme
brennt eine Träne

bedrängt von der Ohnmacht
so vieler Bittsteller
zeigst du als Antwort
auf dein nacktes Kind

Inhalt

(in Klammer: Schriftstellen, auf die sich das Gedicht bezieht)

mater materiae (Gen 3,1–8) 5

eva und adam 6

evas sehnsuche (Gen 2,21; Gen 3,9) 7

schlangenbändigung (Gen 3,1–24; Jes 11,8) 8

sara (Gen 15,5; Gen 16,4f; Gen 18,9–15) 9

hagar am brunnen „el-roï" *(„der nach mir schaut")* (Gen 16,1–14) 10

Jakobsbrunnen (Gen 29,1–14; Joh 4,1–15) 11

rahel und lea (Gen 29–30) 12

myriam (Ex 15,20f)........................... 13

debora (Ri 4,1–22) 14

verblendung (Ri 16,4–31) 15

Rut (Rut)..................................... 16

hanna *siegeslied einer ohnmächtigen* (1 Sam 1,1–2,10)......................... 17

batseba (2 Sam 11–12)......................... 18

die prophetin hulda (2 Kön 22,4–20) 19

judit (Judit 10–13) 20

ester (Ester 2–7) 21

psalm.......................... 22

hohes lied (Hld) 24

frau weisheit (Weish).......................... 25

den unbekannten prophetinnen.......................... 26

stammhalterinnen (Mt 1,1–17) 27

Geistesgegenwart.......................... 28

elisabet (Lk 1,5–25) 29

jungfrau maria (Lk 1,26–38; Joh 19,25–27) 30

verkündigung (Lk 1,26–38).......................... 31

des engels botschaft (Lk 1,30) 32

magnificat (Lk 1,46–55) 33

unterwegs zum kind (Lk 1,26–38; Mt 1,18–25;
Lk 2,8–20; Mt 2,1–12) 34

schwere geburt 35

hanna im tempel (Lk 2,21–38) 36

auf tuchfühlung ... *berührte von hinten sein gewand* ... (Mk 5,21–34).......................... 37

talita kum (Mk 5,35–43) 38

kinderunfreundlich (Mk 10,13–16) 39

frauenschicksal (Lk 13,10–17) 40

die kalte schulter jesu (Mk 7,24–30). 41

mein schatz (Lk 15,8) 42

hausfrauenverstand (Lk 13,20f) 43

frauenpower (Lk 18,1–8) 44

das opfer der witwe (Lk 20,45–21,5) 45

freilegung des brunnens (Joh 4,1–15) 46

die ehebrecherin *(jetzt mit jesus allein)*
(Joh 8,1–11) 47

Zehenspitzengefühl (Lk 7,36–50; Joh 13,1–11) . . . 48

zu füßen jesu (Lk 7,36–50) 49

maria und marta (Lk 10,38–42). 50

zu gast in bethanien (Lk, 10,38–42) 51

maria und lazarus (Joh 11,1–44) 52

folgenlos (Joh 11,27). 53

endspiel (Mt 25,1–13) 54

fehlbesetzte männerrollen (Joh 12,1–8;
Mk 19,35–45; Mk 15,40) 55

zweierlei Rechenarten (Joh 12,1–8). 56

Eucharistiefeier einer Frau (Mk 14,3–9) 57

Jesus begegnet seiner Mutter *(Kreuzweg)* 58

Veronika reicht Jesus das Schweißtuch
(Kreuzweg) 59

Jesus begegnet den weinenden Frauen
(Kreuzweg) 60

Jesus wird vom Kreuz genommen und in den
Schoß seiner Mutter gelegt *(Kreuzweg)* 61

frauen unter dem kreuz (Mt 27,55) 62

AVE MARIA unter dem Kreuz.................. 63

Pietà 64

kommunion mariens......................... 65

osterspaziergang (Mk 16,1–8) 66

fragen an maria von magdala (Mk 16,9)......... 67

Begegnung im Garten (Gen 2,15–17;
Joh 20,11–18)............................. 68

vorübergehend ewig (Joh 20,17) 69

unbegreiflich (Joh 20,11–18) 70

verschwendung (Mt 26,6–13; Lk 23,56–24,1).... 71

frauenfragen (Joh 1,1ff.; Lk 10,38–42; Lk 7,38;
Mk 14,3–9; Mk 7,24–30; Joh 2,1–12;
Joh 20,17f.) 72

wiedergeburt (Joh 3,3–8) 74

grabauswärts (Joh 20,11–18) 75

die apokalyptische frau (Offb 12,1–6) 76

Madonna (Offb 12,1) 77

Ein Teil der Gedichte wurde bereits veröffentlicht in folgenden Gedichtbänden:

Weiter als der Horizont
Höher als der Himmel
Heller als Licht

Von Andreas Knapp sind im Echter Verlag auch diese Gedichtbände erschienen:

Weiter als der Horizont
9. unveränd. Auflage 2019
ISBN 978-3-429-02506-9

Brennender als Feuer
9. Auflage 2017
ISBN 978-3-429-02624-0

Tiefer als das Meer
6. Auflage 2019
ISBN 978-3-429-02772-8

Gedichte auf Leben und Tod
5. Auflage 2019
ISBN 978-3-429-03039-1

ganz knapp
ISBN 978-3-429-05477-9

Höher als der Himmel
5. Auflage 2019
ISBN 978-3-429-03295-1

Heller als Licht
5. Auflage 2019
ISBN 978-3-429-03736-9

Ausblicke ins Unendliche
Naturgedichte
von Andreas Knapp,
mit Fotos von
Barbara Wolfers
ISBN 978-3-429-03571-6

Beim Anblick eines Grashalms
Naturgedichte
ISBN 978-3-429-04408-4

echter verlag
www.echter.de

Andreas Knapp ist Priester und Poet.

Sein literarisches Schaffen wurde vielfach ausgezeichnet, u.a. mit dem Herbert-Haag-Preis (2018), mit einer Goldmedaille des Independent Publisher Awards (USA 2018) und einer Silbermedaille des Benjamin Franklin Awards (USA 2018).

Der Umwelt zuliebe verzichten wir bei diesem Buch auf Folienverpackung.

Bibliografische Information der Deutschen Nationalbibliothek

Die Deutsche Nationalbibliothek verzeichnet diese Publikation in der Deutschen Nationalbibliografie; detaillierte bibliografische Daten sind im Internet über http://dnb.d-nb.de abrufbar.

www.echter.de

Gestaltung: Crossmediabureau, Gerolzhofen
Druck und Bindung: CPI-books, Clausen & Bosse, Leck

ISBN 978-3-429-05681-0